너에게
사 랑 을
배운다

너에게
사랑을
배운다

그림에다 에세이

위즈덤하우스

가족

나는 내 삶에
아내를 초대했다.

동시에 아내는
나를 초대했겠다.

그리고 아이는
우리 둘을 초대한 거다.

이제 저녁 식사를 하며
오늘 있었던 서로의 이야기를
하는 일만 남았다.

무대에는 내가 아니라
아이가 서 있다

삶이 너무 순조로우면 무료하다. 육아는 절대 정해진 수순대로 진행되지 않아 무료할 틈이 없다. 매 순간 펜을 잡게 만드는 묘한 매력이 있다. 누구의 육아 일기든 간에 예측에서 벗어난 일이거나 좌충우돌 실패했던 이력들이 강렬하게 기억에 남아 기록했을 가능성이 높다. '그림에다'를 통해 하고 있는 이야기들도 마찬가지다. 그래서 많은 독자들이 공감해 주는 게 아닌가 싶다.

아이와 함께하는 시간은 그야말로 예측 불허다. 이 시간을 무사히 통과하는 경험치가 쌓이고, 아이와 주고받는 대화가 늘어나면, 어느덧 부모로서 조금 깊어진 자신의 모습을 발견하는 순간이 찾아온다.

어느 태권도 발표회 날의 일이다. 여느 부모와 마찬가지로 내 아이가 주인공 자리에 있는 모습을 기대하며 태권도장에 들어섰다. 그런 부모들의 바람을 알고 있었을까. 발표회가 시작되었고, 모든 아이들이 한 번씩 무대의 가운데에서 발차기를 했다. 아, 관장님은 알고 있었구나! 부모의 눈에서 레이저 광선이 나와 아이를 주인공의 자리로 몰 거라는 것을. 절도 있고 씩씩한 발차기를 훈련시키는 것보다 오히려 동작이 바뀔 때마다 아이들을 순서대로 한 번씩 무대 한가운데에 세우는 동선을 연습시키는 것이 관장님에게는 가장 큰 난관이었겠다. 부모들의 바람이 만들어 낸 복잡한 동선을 따라 무대에서 발차기를 하며 아이들은 어떤 생각을 하고 있었을까?

얼마 전 우리 부부는 아내의 친구와 저녁 식사를 했다. 아내의 친구는 연극 무대에서 아주 작은 역할을 하는 딸의 모습이 아련했단 이야기를 했다. 연극을 마치고 딸

6

은 송송 맺힌 땀방울을 머리카락 사이로 후두둑 떨어뜨리며 달려와 "엄마! 내 역할 어땠어? 나 하나도 틀리지 않았어! 연극 재미있었어?"라고 말했단다. 아내의 친구는 딸을 꼬옥 안아 주며 괜스레 미안한 마음이 들었다고 했다. 많은 일들이 생각했던 것과는 다른 방향으로 흘러간다. 비록 부모의 바람은 그랬더라도 정작 아이들의 생각은 다른 곳에 있을 때가 많다. 내 아이가 무대 한가운데 서는 찰나를 기대하며 시간을 허비하기보다 작은 역할이라도 열심히 하는 모습을 응원하는 데 집중했더라면, "아주 잘했어!"라는 애정이 가득 담긴 한마디가 아이에게 제대로 전해졌을 텐데 말이다.

부모의 바람에 아이가 얼마나 부응하고 있는지가 아니라 얼마나 제 역할을 열심히 하고 있는지, 부모가 무엇을 봐 주길 바라는지를 아는 게 중요하지 않을까. 이 사실을 깨닫기까지 아이와 보내야 하는 시간과 나눠야 할 대화가 얼마나 더 필요할지 모르겠다.

앞으로 이런 일들이 수없이 반복되겠지. 한쪽 주머니에서는 차마 버리지 못한 부모의 바람(공부도 잘하고 좋은 직장을 갖고 좋은 배우자를 만나길 바라는 마음)이 꼼지락거리고 있겠지만, 다른 한쪽 주머니에는 예측할 수 없는 아이의 생각에 힘을 실어 줄 '애정이 담긴 한마디'를 꼭 준비해 둬야겠다.

1

아내의
마음을
읽다

배려

편식을 하는 건 아니지만 되도록 음식을 먹을 때 원래의 맛에 집중하는 편이다. 탕수육을 주문하면서 소스를 따로 달라고 한다. 삼겹살을 먹으면서는 소고기를 먹지 않고, 치킨을 먹으면서는 달걀을 먹지 않는다.

아이도 나와 비슷하다. 여러 음식을 입안에 동시에 넣어 주면 바로 뱉는다. 밥을 오물오물 씹은 뒤 삼키고 나서 반찬을 먹는다. 나만 그럴 땐 무심히 넘겼지만, 날 닮은 아이에게 밥을 먹일 때마다 그동안 내가 아내를 많이 힘들게 했구나 문득문득 깨닫는다.

안 그래도 아이는 밥을 오래 먹는데, 이런 습관으로 식사 시간이 더 길어진 모양이다. 아무래도 아이와 더 자주 밥을 먹는 아내에게는 끼니 때마다 피할 수 없는 고충일 거다. 요즘은 도망 다니는 속도도 제법 빨라져서 아내가 아마 두세 배쯤 더 힘들겠다. 날마다 끼니 때마다 겪는 수고로움이 아내는 이제 꽤 익숙해진 듯 보였다. 익숙해질 만큼 많이 겪어 냈다는 뜻이겠지.

경험하고 나서야 비로소 보이는 것들이 있다고 했던가? 그때부터 보이기 시작한 모습들이 있다. 주말 아침마다 분명 뜨거운 커피를 내렸을 텐데 이리 치이고 저리 치이다 결국 다 식은 커피를 마시고 있는 아내의 모습이 보이기 시작했다. 화장을 하고 힐을 신고 외출할 법한 상황에도 아이와 함께라면 민낯에 운동화나 낮은 굽의 구두를 신고 현관문을 나서는 아내의 모습도 보이기 시작했다. 내가 강연이 있거나 중요한 미팅이 있을 때마다 스타일러 안에 어김없이 그 날 입을 옷이 들어 있었던 것도 기억나기 시작했다. 아내의 소소한 배려들이 당연한 것이 아니라는 사실도 알게 되었다.

아내가 싫어하는 것들을 곱씹어 보았다. 물에 빠진 생선을 싫어하는 아내는 생태탕을 먹지 않는다. 물에 빠진 닭도 싫어해서 한여름 복날에도 삼계탕을 먹지 않는다. 간만에 둘만의 외식 메뉴를 고를 때 무심결에 입 밖으로 튀어나오려던 그 메뉴들을 꿀꺽 삼켰다. 매일매일 아이의 투정을 보며 매 순간 배려가 필요하다는 걸 깨닫고 있다. 언젠가부터 아이와 함께하는 시간 속에서 우리는 배려를 배우고 있다.

다시 찾아온 주말 저녁,
돈가스에 소스가 뿌려져 나왔지만,
…… 그대로 먹었다.

다른 속도가
함께 살고 있다

'엄마'라는 타이틀로 무장한 아내가
간혹 철인으로 보일 때가 있다.

그걸 바라보다 보면
예전의 여렸던 모습이 떠오른다.

그런데 아내가 변한 만큼
나는 얼마나 달라졌을까?

'난 이렇게 엄마로 변해 가는데
남편은 왜 점점 아이가 되어 가지?'라고
생각할지도 모르겠다.

아내는 너무 느긋한 나를 재촉하고
나는 다그치는 아내를 밀어내지만

매 순간 그걸 깨달으며 사는 게
부부가 아닐까?

그리움이
그리움에게

아내가 잠든 아이를
애잔하게 바라본다.

언젠가 아이가
엄마의 이런 그리움을 눈치채려면
아내가 손주를 볼 즈음이려나…….

가족 식사를 하러 나와
장모님을 챙기는 아내를 보니

잠든 아이를 바라보던
아내의 애잔한 눈빛이

고스란히 장모님에게로
옮겨져 있다.

수도꼭지는 잠가도 몇 방울이 더 떨어진다.
그리움도 그렇다.

여유라는
선물

가끔 눈을 감아도 보고
가끔 고개를 옆으로 돌려도 보고.

그리고 다시 아이를 보면
아이가 더 또렷하게 보인다.

일주일 중에
주말이란 시간이 주어진 것도
그런 이유일 텐데…….

아내의 에너지는
온전히 아이에게 향해 있다.
슬픈 일이다.

오늘은
무슨 드라마가 나오나?

지금 내가 해야 할 일은
뭔가 거창한 것이 아니라
단지 부엌으로 들어가는 것.

그리고 다시 거실로 오면
아내의 눈빛이
조금은 또렷해져 있겠지.

마음만은
서툴지 않다

조금 더 먹이려다가
토하고 말았다.

따뜻하게 입히려다가
땀이 많이 나 감기에 걸렸다.

발톱을 예쁘게 깎이려다가
살을 약간 집었다.

실내 놀이터에서 양말을 신겨
미끄러지기까지……

그렇게 엄마는 번번이 서툴다.
그럼에도 그 마음만은 서툴지 않다.

흔들의자에 앉아 잠시 쉬는 아내가
몸은 흔들려도 마음은 흔들리지 않는 것 같다.

당신은
잘하고 있습니다

먼저 들어가
보겠습니다.

당신은 잘하고 있습니다.

회사에선 제때 퇴근하지 않는
직장 상사의 눈치에
전날 회식 자리에서
무슨 얘기들을 했는지
모르는 건 덤이지만

엄마가 오늘은
못 가 볼 것 같애.
미안~ 다음에 꼭 갈게.

당신은 잘하고 있습니다.

집에서는 아이에게
엄마의 역할을 못 다하는 것 같아
미안한 마음 가득 안고 있지만

당신은 잘하고 있습니다.

아이의 유치원에서는 누구를 만나든
잘 출몰하지 않는 엄마로 인해
아이에게 피해가 갈까 봐
만나는 사람마다 굽신굽신거리지만

당신은 잘하고 있습니다.

아내의 고된 하루도
웃었다

방귀 귀신 공격이다!

오줌 얘기에
방귀 얘기에

아이가
깔깔거리며 웃고 있다.

엄마, 아빠는 오줌 귀신이야.

더 많이 웃어 주렴.
더 오래 웃어 주렴.

엄마의 고된 하루도
웃을 수 있게.

밴드를
붙이면

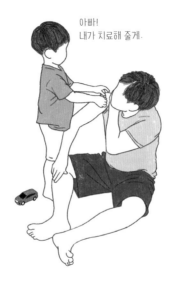

아빠!
내가 치료해 줄게.

상처가 난 곳을
어루만져 주는 것.

그것도 하나의 즐거움인가 보다.

때로는 상처가 없는 맨살에
밴드를 붙인다.

밴드를 붙일 때마다
그렇게 좋아할 수가 없다.

오늘은 내 어깨에도
하나 붙여 주었다.

그러네
어딘가의 상처가 아무는 느낌…….

어쩜 마음의 상처도
밴드라는 걸로 아물 수 있을지도.

아내에게도
밴드를 하나 붙여 줘야겠다.

하루도 빼먹지
않는 운동

어느 날 아내가
자는 아이의 머리를 쓰다듬으며 말한다.

"내가 지난 시절 잘 자라 왔다면
좋은 엄마가 될 수 있었을 텐데,
그랬더라면 네가 덜 힘들었을 텐데…….
지금부터라도 좋은 엄마가 되도록 노력할게~."

아빠가 아이를 들쳐 업고 뛰놀며
생각지 못한 근육을 만드는 동안

아내는 잠든 아이의 머리를 쓰다듬으며
마음의 근육을 키우고 있다.

사랑 안으로
들어갈 때

이제 자러 갈까?

아이는 늘

자동차 장난감을
키즈 카페 친구를
신나게 놀아 주는 아빠를
찾다가도

잠잘 때가 되면
엄마를 찾는다.

아내도 늘

화장을 하고 힐을 신고
외출을 하다가도

아이와 함께 외출을 할 때면
민낯에 운동화를 신고 나간다.

사랑하다
보면은

아이는

달리는 것을
물속에서 소리 내는 것을
차 창문을 내려 바람 맞는 것을
초록색 연필로만 그림 그리는 것을
좋아한다.

그래서 아내도

뒤이어 달리고
물속에서 소리 내고
차 창문을 내려 바람을 맞고
초록색으로 그림 그리는 걸
좋아하는 사람이 되었다.

너의 하루를
감싸다

아이가 울고 있으면

배가 고픈지
옷이 답답한지
변을 봤는지……
아내는 분주히 움직인다.

아이가 활동을 시작하면

다칠 만한 물건을 치우고
입에 넣을 만한 것도 치우며
아내는 늘 아이 주변에 있다.

아이를 재울 때면

어둠 속 아이의 실루엣을 바라보다
발로 찬 이불을 덮어 주다
아내는 그대로 잠이 든다.

아이는 아내의 사랑 안에서
또 하루를 보냈다.

봄 여름
가을 겨울

치약 가운데부터 짰다고
잔소리가 시작되고
아이 세탁기에 양말을 같이 넣어
피치 못할 전쟁을 해야 한다.

이럴 때마다
봄 여름 가을 겨울이라는 계절의 변화가 있어
너무도 다행이란 생각을 해 본다.

매주의 나들이가 기다려지는 봄을 지나
다 훌훌 털고 멀리 여행을 다녀오는 여름도
함께 산책하기 좋은 가을을 지나
서로를 따뜻하게 안아 주고픈 겨울까지.

계절의 변화는 언제나
멀어졌던 우리를 다시 가깝게 만들어 준다.

계절이 변하지 않는 곳에선
살고 싶지 않다.

커피는 식고
향은 깊어지고

엄마, 커피 여기~.
근데 나 배고파!

주말 일과를 시작하기 전
아내는 습관적으로 커피를 내린다.

한 모금을 입에 채 댈 겨를도 없이
이내 아이가 깨어나고
분주히 아이와의 시간이 시작된다.

'이제 좀 마셔 볼까?'라며
커피를 어디 두었는지 찾다가도

이번엔 배고프다는 아이의 목소리를
그냥 지나칠 수 없다.

그래서 늘
내릴 땐 뜨거운 커피였건만
마실 땐 아이스커피가 된다.

햇살이 슬며시
들어오는 아침

'늘 건강해야 돼····.'

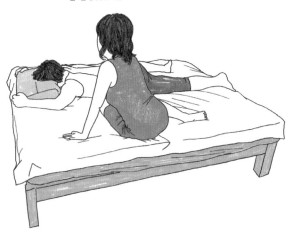

아침을 깨우는
알람이 울리기 전

눈은 감고 있지만
깨어 있는 시간

아내가 내 얼굴을 만진다.

그런 아내의 손길이
내게 말을 건네는 듯하다.

'늘 건강해야 돼.'

'내가 모르는 이런 아침이 많았겠구나…….'
라는 생각을 하며 돌아눕는다.

아프지 말아야겠다.

아이의
베프

너희 집엔
자동차 장난감 말곤 없어?

베프가 어디 사는지
형제가 어떻게 되는지
무슨 장난감을 좋아하는지
무슨 색을 좋아하는지

아내는 다 안다.

태권도는 무슨 띠며
미술 학원은 어디로 다니는지
무슨 반찬을 싫어하는지
주말에 무엇을 하는지까지

아내는 다 안다.

내일 소풍에
형우도 이 모자 쓰고 올 거야.

하루 종일 아이의 친구 이야기를 듣노라면
아이 친구가 베프마냥 느껴진단다.

아이에게 소중한 친구이기 때문에
아내에게도 소중한 친구가 생겼다.

어느 날 문득 아이에게 물었다.
"아빠가 더 좋아? 형우가 더 좋아?"
"엄마!"

우리 엄마가
그랬던 것처럼

옷을 빨래통에 넣지 않아도
늘 깨끗한 옷을 입을 수 있다는 것이

허기지다 싶으면
늘 따끈한 밥과 요리를 먹을 수 있다는 것이

잠잔 자리를 치우지 않아도
늘 뽀송뽀송한 이불에서 잠들 수 있다는 것이

짜증을 내고 투정을 부려도
늘 옆에 있어 준다는 것이

그것이

당연한 것이 아니라는 걸
아이도 언젠가 알게 되겠지.

나도 너를 낳기 전에는
알지 못했다.

우리 엄마, 정말 힘드셨겠구나.

부족함 없이 자란다는 건
갚을 게 많다는 뜻이란다.

남편
남의 편

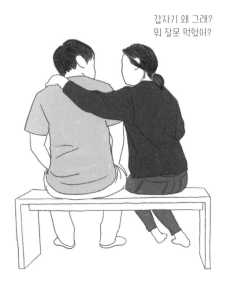

갑자기 왜 그래?
뭐 잘못 먹었어?

세상 많은 남편들이
대화가 시작되면 남의 편이 된다.

이야기를 들어만 줘도 모자랄 판에
오히려 잘잘못을 따지려 한다.

"네 친구가 문제가 없진 않은 것 같아.
그런데 너한테 문제가 있다고 생각해 본 적은 없어?"

먼저 아내가 듣고 싶어 하는 얘기가
뭔지를 생각해 보면
이미 답은 정해져 있다.

아내는 답정너랄까?
"잘했어, 괜찮아, 네가 옳아!"

정답을 알면서
굳이 틀린 답을 말하진 말자.

채워야 할
한마디

혼자가 둘이 되고
둘이 셋이 된 지 6년이 지났다.

그렇게
가족의 이야기는 늘어 가는데
부부의 이야기는 줄어만 간다.

"아빠, 사랑해요."

온종일 아이와 씨름하느라
고단해진 마음이
이 한마디에 녹아내리듯

아내와 둘이 있을 때
아이처럼 한마디 해 보려고 한다.

벌써 가을이다.

한참을
옷장 앞에 서 있다

아내가 옷장 앞에
한참을 서 있다.

마치 시간이
정지된 것처럼.

"이번에 코트 하나 사야겠다."
그렇게 아내가 말문을 열었다.

"농 안에 수백 벌의 코트는 어쩌고?"
내가 대꾸한다.

"다 유행이 지났어. 그리고 수백 벌 아니거든!"
"그럼 이번엔 유행 안 타는 걸 하나 사! 평생 입게."
"유행 안 타는 것도 유행이 있어."

아내가 옷장 앞에
아직도 서 있다.

- 다 너무 어릴 때 입던 옷들이야….
- 그럼 잘된 거 아냐? 어려 보이고 좋네.
- 젊은 옷은 오히려 사람을 더 늙어 보이게 하거든.

… 내가 졌다.

마음을
챙기다

아내가 나도 보라고
일정을 정리해 놓은
부엌 한쪽의 달력

친구들 만날 계획이며 각종 모임과 행사로
촘촘했을 아내의 달력이
아이의 일정으로 빼곡하다.

아내를 대신해
일정을 소화해 보겠다며 호기롭게
아이 유치원 키즈 카페 모임에 갔다.

나 혼자 아빠였던 자리,
어찌나 어색하던지…….

집에 돌아와
다시 한 번 달력을 본다.

그리고 빨간 펜으로
아내의 생일을 표시했다.

'아내의 생일'이라고 적을까 하다가
'데이트'라고 적었다.

아내가
숨 쉴 수 있도록

얼른 깨워 밥이라도 한술 더 먹이고
겨우겨우 씻기고 옷 입혀 등원시킨다.

돌아오면 또 씻기고 밥 먹이고
공부를 시킨 뒤에 같이 논다.

재우고 나면 내일 유치원 준비물을
미리 준비해 놓는 것까지…….

주말에도 아내는
아이의 추억 만들기에 여념이 없다.

아빠랑 씻자!

아내의 시간은 늘
하루하루를 빡빡하게 지나고 있다.

위로의 한마디도 좋겠지만
나는 아내의 빈틈으로 들어간다.

내가 비집고 들어간 시간만큼
아내의 하루에
여백이란 게 생길 테니…….

잠시라도 아내가
쉼을 숨 쉬는 것처럼
할 수 있으면 좋으련만…….

기대어
걷기

며칠 지방 출장을 가 있는 사이
아내에게서 전화가 왔다.

새 학기가 되자
담임과 반 아이들이 바뀌어 낯설었던지
아이가 속상해서 집에 와 울었다고 했다.

혼자서 아이를 위로하는 게 버거웠는지
아내의 목소리가 조금은 떨렸다.

함께 위로해 줬더라면
더 마음이 편했을 텐데…….

전화를 끊고 나서
'나의 빈자리가 있구나.'라는 생각과 함께

오히려 아내의 연락에
내가 의지가 된다.

천천히
거울을 보던

아내의 옷 고르는 속도가
점점 더 느려진다.

'이 옷은 괜찮을까?'라는 생각이
예전보다 더 많아진 것 같다.

엄마라는 타이틀을 단 뒤부터
아이의 먹을거리, 입을 거리…….

계절이 바뀔 때마다 사야 하는 아이용품,
또 아이와의 추억을 위해 알아봐야 할 곳들…….

그렇게 아이에게만 집중하다 보니
어느 날 문득 뭔가 흐름을 놓쳐 버린
자신을 발견하게 된 듯하다.

아이의 행복을 위한 장치들만큼이나
아내도 자존감을 지킬 장치들이 필요하다.

그러라고
거울이 아내를 본다.

오늘,
가장 예쁜 날

벼르고 벼르다 미용실에 간 날

일 년에 몇 안 되는 예쁜 날이라며
아내가 셀카로 오늘을 기록한다.
연신 찍고 또 찍고…….

"머리했구나!"
"오늘 정말 이쁘네."
뻔한 반응일지 몰라도

기분 좋은 말에
새로 한 머리의 유효 기간이
길어진다.

그 마음,
이해가 돼요

"이거 처음 보는 옷인데?"
"아니야, 이거 옛날부터 입던 거야."

"이거 못 보던 신발인데?"
"이거 작년에도 신었잖아."

아내는 시치미를 떼면서
거울에 비친 신발을 본다.

이쯤에서 그런가 보다 하고 넘어가야
다음에 또 아내의 같은 연기를 볼 수 있다.

그 시치미에
나는 씩 웃음이 난다.

적당한
거리를 둔다

음, 아빠 조금만 있다 들어갈게.

야근을 하다 영상 통화를 위해
분주히 빈 회의실로 간다.

그렇게 나 역시
아이 목소리를 흉내 내며
통화를 마칠 즈음

아내가 한마디 한다.
"언제 와?"

매번
아내는 아이와 너무 가까이 있고
나는 아이와 너무 멀리 떨어져 있다.

적당한 거리를 두자.
조금 더 가까이 가자.

살아남기 위해 모든 식물은 적당한 거리를 두어야 한다. 사람의 관계라는 것도 마찬가지.
아이에게 집중을 하다 보면 아내와 아이의 경계가 없어져
아내는 혼자만의 시간을 하루 십 분이라도 누리는 게 쉽지 않다.
그에 반해 아빠인 나는 너무 멀리 있는 건 아닐까? 조금 더 가까이 가자.

괜히
미안해지는 순간

아빠!

조금 늦은 퇴근
현관문을 열고 거실로 들어서면

"아빠!"

아내가 아이 밥을 먹이던 자세로
내게 오는 아이를 바라본다.

이제 입으로 한두 숟가락 넣었을 찰나
내가 그 흐름을 깨 버린 것이다.

아이와 재회의 기쁨을 나누는데
등 뒤로 아내의 따가운 시선이 느껴진다.

그럼에도
아내는 이 말을 먼저 한다.
"저녁은 먹었어?"

딸과
엄마

집 안 분위기에 맞지 않는
꽃무늬 슬리퍼를 가져왔다고
아내가 장모님에게 잔소리를 한다.

그러다가도
또 금세 아무 일 없었다는 듯이
웃으며 대화를 하고 있다.

그런 걸 보면 딸과 엄마의
회복탄력성은 정말 대단하다.

이렇게 단단한 관계라면
잔소리도 하고 때론 다투기도 하는 게
좋을 수도 있겠다.

어쩌면 장모님에겐
점점 딸의 잔소리가
더 고마운 일일 테니…….

가끔은 흐린 날이 좋다.
곧 맑아질 그 순간이 올 테니…….

충전이
필요해

며칠간 계속된 야근 뒤에
일찍 들어오는 날이면
정말 아무것도 하고 싶지 않지만

그 사이 아내는 혼자 아이를 보며
집에서 야근 아닌 야근을 했겠다.

그러니 퇴근한 나를 보며
아무것도 안 하고 싶은 마음은
아내도 마찬가지일 테다.

그래서 아이와 목욕도 하고
책도 읽으며 재운다.

그 사이 깜빡거리던 아내의 배터리가
!%로 올라왔을까?

"오늘 회사는 어땠어? 이제 좀 쉬어."
아내가 조금은 살아난 듯하다.

부부는 그렇게 충전이 되어야
온전한 대화가 시작된다.

차도 한잔할까?

수고했어!
정말로

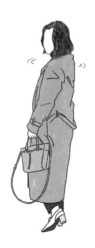

회사 일에서도
집안일에서도
어린이집 모임까지

워킹맘은 작은 사람이 되어 간다.

"워킹맘은 고분고분하기라도 하지……."
드라마 속 이 대사는 쓸쓸하기까지 하다.

어디 가서도 위로받지 못하는 워킹맘

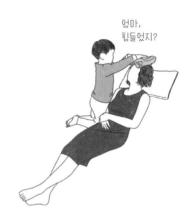

그래서 퇴근길에 만난 아내에게
"수고했어!"라는 말과 함께

입을 닫고 귀를 연다.

아들! 우리가 엄마를
위로해 주자.

빨래를
하다가

여행에서 돌아와
세탁기 앞에 서면

아이 빨래가
한가득이다.

비가 올지
날이 추울지
온갖 변수를 다 고려해
부족함 없이 챙겼을
아이의 옷가지들…….

그 와중에 많이도 단출해진
아내의 빨래가 보인다.

아직도
날 모르는 것 같아

아빠는 엄마에게
피아노 연주를 해 줄 거야. 감동하겠지?

남편의 입장에서
아내에게 선물을 한다면

마음의 여유를 선물해 보는 건
어떨까?

그것도 주기적으로.

물질적인 것만큼
마음의 여유가 생기다 보면
아내도 그게 더 큰 선물인 걸 알지 않을까?

아직도 나를 모르는구나…….

하고 훈훈하게 마치려는데
아내가 이 글을 보며 하는 말.

"아직도 날 모르는 것 같아."

아내의 생일에는
물질을 선물하자.

일기 예보는 오늘도 여지없이 틀렸다.

나이를
먹는 게

요즘 들어 아내나 나나
어디 아프다는 말을 하면
서로 화들짝 놀란다.

회복 능력이 더뎌진 것을
서로 느끼고 있기 때문이다.

전에 없던 배려에
당황할 겨를도 없이
그런 관심을 받다 보면

나이를 먹는 게
그리 나쁘지만은 않구나 하는
생각이 든다.

마음만은
늙지 않게

나를 챙긴다는 말에는
몸을 챙긴다는 의미도 있지만
마음을 돌본다는 의미도 담겨 있다.

거울 앞에 서면
신체의 변화는 한눈에 들어오지만
마음이 나이를 먹고 있다는 걸
알아채기는 쉽지 않다.

언젠가 아이가 금세 자라고 나면
엄마의 수고가
지금 같진 않을 텐데…….

아내만의 취미,
친구들과의 교류가 필요할 텐데…….

그래서 아내가
도자기를 배워 보겠단 말에
(그게 언제일진 모르겠지만)
엄지를 투척했다.

나이를 멈출 순 없지만
내 시간을 가질수록
마음의 나이는 느려질 테다.

어색한
외출

그만 들어갈까?

우리 부부가 함께 외출을 할 때면
늘 아이가 함께 간다.

그러다 가끔 단둘이 나설 때면
뭔가 익숙지 않은 허전함이 있다.

조금 더 시간이 지나면
불안해지기까지 한다.

'둘만 있는 시간이 이렇게나 없었구나.'

장모님이 문자를 보내진 않으셨나
아내는 애꿎은 휴대폰만
계속 확인한다.

여전히
만지작거리기만

"아이들 양말 사업을 해 볼까?"
"사업 소질이 있으니 한번 해 봐.
대박 나면 난 좀 쉬어야겠다!"
"대박은 무슨. 지금 애 키우기도 힘든데……."

누군가를 위해
꿈을 포기한다는 거

그런 희생엔
여기저기 미련이 남기 마련이다.

여유가 있다면야
그 누구의 꿈도 상처 입지 않겠지만
현실은 그리 낭만적이지 않다.

아이 공부를 시키는 아내의 뒷모습이
여전히 자신의 꿈을
만지작거리고 있는 것 같다.

주로 내 주변 사람을 통해서 나를 발견하는 일이 많다.
요즘 아내가 부동산 이야기를 많이 하던데.
아내의 꿈을 잘 들어 보자. 혹시 모를 대박을 지나치지 말자.

그러고
만다

이거 어때?

사도 사도 끝이 없는
육아용품

장바구니 속 아내의 물건들은
언제쯤 결제할 수 있으려나.

잠들기 전에
모바일 장바구니에 담겨 있는
하늘하늘 원피스를 계속 보여 주더니

또 그중에 하나를 골라
보고 또 보기를 반복하더니

그러고
.
.
.

만다.

쇼(핑)타임

쇼(핑)타임이다.

꽤 걸릴 거란 생각에
앉을 자리를 찾아 휴대폰을 꺼낸다.

예전에 아내는 쇼핑몰 전체를 돌아다녔는데
요즘엔 한 매장에서 여러 옷을 본다.

"운동화 하나 사야 한댔지?"
결국 아무것도 고르지 못한 아내는
내 운동화를 고르고 있다.

아이 챙기느라
일 년에 한 번 있을까 말까 한
아내의 쇼핑!

매장을 나오려는 순간
좀더 보고 가자며
나답지 않은 말을 했다.

여름이
오고 있다

아내가 말하길,
엄마가 되고 난 뒤,
운동을 시작하는 시점이 있단다.

아이가 커서
자신을 돌볼 여유가 조금은 생겼거나

엄마로서 아내로서
가족을 위해 건강해져야겠다는
생각이 들었을 때.

엄마, 운동 좀 하자!

내가 도와줄게!

작심삼일이 될지도 모르지만
운동을 하려는 아내의 모습

자신을 돌보려는 그 모습에
힘을 실어 줘야겠다.

내년 여름이 왔을 때
또 같은 얘길 듣지 않으려면 말이다.

소소한 행복

집 안 인테리어를 고민하던 아내가
큰맘 먹고 작은 테이블과 의자를 샀다.

거실 한쪽에 새롭게 만들어진
그 자리에 앉아 본다.

문득 손이 허전하다.
아이를 위해 방금 끓인 보리차로
분위기를 내 본다.

창밖으로 울창한 숲 너머 강도 보였으면……
완벽하겠다는 생각도 해 본다.

아이에겐 작은 테이블이 새로운 주차장이 생긴 셈이 되었고,
장인어른도 집에 오시면 늘 그 자리에 앉아 신문을 보신다.
행복에 때론 이런 장치가 필요한가 보다.

어느 날,
꽃이 내게로

어느 날
아내가 꽃을 한 아름 안고 와
그 향기를 맡는다.

나도 아이도 킁킁거리며
꽃에 코를 대어 본다.

아내는 집 안이 꽃향기로 가득할 때
행복하단다.

꽃향기에 행복한지
그런 아내가 좋아 보여 행복한지
알 수는 없지만

꽃 몇 송이로
우중충하던 집이 화사해졌고
아이도 나도 꽃향기로 물들었다.

좀 어색하더라도
다음엔 내가 꽃을 사 와야겠다.

오늘 점심은
뭘 먹었어?

우리 부부는
집으로 돌아오는 차 안에서
아이가 잠들고 나면
대화를 많이 하는 편이다.

하지만 언젠가부터 그 대화가
아이로 시작해 아이로 끝나고
사회적 이슈로 시작해도 아이로 끝난다.

오늘 점심은 뭘 먹었어?
누구와 무슨 대화를 나눴어?
새 옷에 사람들 반응은 어땠어?

이런 대화가 우리 사이에
비집고 들어오게 되면 좋겠다.

그럼,
오전에 바라본 하늘을
점심에 먹었던 메뉴를
기억에 더 담으려고 할 테니까…….

아이가 잠들고 나면
그 이야기를 나눠야 할 테니까…….

서로를
외롭게 하지 말자

아이에 몰입하다 보면
어느새 혼잣말을 하고 있는
내 자신을 발견할 때가 있다.

나도 휴직을 하고
육아를 도맡아 하던 시절,
아이와만 대화하다 보니,
고품격 어른의 대화를 하고 싶다는
생각이 간절했다.

놀이터에서 처음 보는 아기 엄마랑
십년지기 친구처럼 급친해진 건
애들 얘기가 끝도 없어서이기도 했겠지만
외로움이 외로움을 알아봤기 때문일 거다.

누구라도 붙들고
다다다 이야기하고 싶은 마음!

육아 때문에
서로를 외롭게 하지 말자.

"피곤하더라도 나랑 오 분만 이야기해 주면
오늘 하루 힘들었던 마음이 싹 풀릴 텐데……."
투덜거리는 건지 혼잣말인지 모를 말, 충분히 이해되었다.

신경전

아⋯ 내가 졌다.

번갈아 가며
눈을 떴다 감았다를 반복하는
토요일 아침

누가 먼저 일어날지
누가 먼저 아이를 볼지
누가 먼저 아침을 준비할지

결국 화장실이 급한 사람이
지는 게임

우리는 날마다 잠들지만 기억은 잠들지 않는다.
금요일 밤 잠들면서부터 시작되었을지 모를 신경전.

집

집이라는
상자 안에는

서투름,
기다림,
외로움,
오해……

그런 것들이
들어 있지만,

그럼에도
손을 넣어 보면

행복이
만져진다.

한밤의
드라이빙

집으로 돌아가는 길,
모임에서 내가 술을 마셔서
아내가 오랜만에 운전대를 잡았다.

조수석에 앉으니
그동안 운전하면서는 보지 못했던
풍경들이 보였다.
오밀조밀한 골목골목의 풍경에
옛 생각이 났다.

북촌의 좁은 사잇길 속에서
군것질도 하고 사진도 찍던 그때
아내의 웃는 모습이 잠시 떠올랐다.

핸들을 바싹 감싸고 경직된 표정으로
운전하는 모습도 그렇고
요즘은 아내의 웃는 모습을 본 기억이 많지 않다.

언젠가 조금 더 여유로워지겠지…….
언젠가 그 웃음을 다시 찾게 되겠지…….

2

사랑받던 기억은
사랑하는 법을
알게 한다

짧은 사랑에
익숙하지 않다

"평소 사탕도 자주 안 먹고 양치질도 잘해서 치아에 문제가 없을 줄 알았어. 그래서 치과 정기 검진도 안 받았지. 그런데 충치가 일곱 개나 생겼대. 심지어 영구치가 심하게 손상되어 신경 치료까지 받았어. 마취가 풀리자 아픈지 울었어. 너무 안쓰러워 혼났어. 엄마가 정말 미안해."

아빠인 나는 늘 아이의 소식을 반박자 늦게 듣는다. 일을 마치고 집에 돌아와 오늘 있었던 치과 소식을 들었을 때, 아이는 이미 싱글싱글 웃으며 자동차 놀이를 하고 있었다. 내게 다가와 갑옷을 입은 이가 신기하지 않냐며 아~ 해 보였다.

어느덧 아이가 자라 눈만 깜박거릴 때의 수고로움이 사라지기는 했지만, 생각하지 못한 충치 사건이 터진 오늘처럼 아이가 새로운 단계를 지날 때마다 아내는 여전히 뒤늦은 후회를 한다.

아이가 자라 대화가 오가는 시기부터는 친구 관계에서 생기는 마음의 상처, 자아가 형성되면서 생기는 분노 표출 등 새로운 쟁점들이 순간순간 비집고 들어와 지금이 가장 힘들다고 생각한다. 앞으로도 계속 예상치 못한 새로운 쟁점들이 닥칠 거라고 생각하니, 내일은 또 한발을 어떻게 내디뎌야 하나 막막하기까지 하다. 그렇게 날마다 사건 사고가 일어날 것 같았지만, 다행히도 그 호흡이 점점 길어지고 있다. 무뎌져 지나쳤을 수도 있겠다. 아니면 아이가 옆에 있어도 집안일을 할 수 있을만큼 커서 여유가 생겼거나. 뭔지 모르지만 육아에 더 능숙해진 느낌이랄까.

아내는 여전히 육아로 바쁘고 치열하게 살고 있다. 아내도 이제 육아가 마라톤보다 긴 레이스라는 걸 안다. 조금씩 아이의 사건 사고를 덤덤하게 받아들이고, 가끔씩만 내가 괜찮은 엄마인지 되묻는다. 불안하거나 조급하던 아내가 변하고 있어 상당히 반가운 일이다. 요즘은 엄마의 체력이 가족의 행복이라며 틈틈이 운동을 한다. 가끔 친구들과 불금을 보내는 시간도 늘어나고 있다. 아내가 자신의 인생을 되찾으려는 모습을 보일 때마다 해피 엔딩에 대한 희망이 보인다.

그렇게 아내는 아이를 통해
긴 사랑을 알아가고 있다.

엄마도
그 시간을 지나왔기 때문에

밥투정했다고
미안하지 않아도 돼.

밤새 잠 못 자게 했다고
미안하지 않아도 돼.

엄마 옷에 음식을 묻혔다고
너무 미안하지 않아도 돼.

엄마도 그 시간을 지나왔기 때문에
엄마도 알고 있어.

너무 미안하지 않아도 돼.
고마운 게 더 많으니까.

고마울 게 더 많으니까.

에너지 파워

아이들은
안 된다면 더 만지고
걸으라면 또 뛴다.

아이들은 그렇게 에너지를
절약하는 법이 없다.

그걸 바라보는 엄마는
끝까지 주의를 주다가도
마지막엔 또 용서한다.

아이 덕분에
엄마의 에너지도
쉴 틈이 없다.

닮아 간다

아이가
씩씩거리며 열이 나는 날에는
엄마도 아프다.

아이가
갑작스레 웃으면
엄마도 이유 없이 웃는다.

아이의 기분이 노란색이면
엄마의 기분도 노란색이 된다.

아이의 감정을 따라
엄마는 아이를 많이도 닮아 간다.

언제
이렇게 컸니?

엄마가 모르면
아빠도 모를걸.

그럼, 아빠한테
물어본다.

아이에게 엄마는 늘
더 많이 아는 존재였는데

어느 날 문득
나는 모르고 아이가 아는 게 생겼을 때
아이는 엄청난 쾌감을 느낀다.

"엄마 이거 몰라?"
그렇게 무시 아닌 무시가 시작된다.

아이가 컸다는 생각이 드는
순간

사랑받던 기억

수영하느라 한참
정신없이 물장구를 친 날엔
다리 마사지를 해 준다.

안 그러면
밤잠을 설칠 테니까.

많은 땀을 흘리며
뛰어논 날에는
쫓아다니며 수시로 땀을 닦아 준다.

찬바람에
감기 걸릴 수도 있으니까.

그렇게,

사랑받던 기억은
사랑하는 법을 알게 한다.

너의 엄마가
되려고

구두를 신지 않는 건
불편해서만은 아니다.

세련되지 않아도
언제든 아이의 기분에 맞춰
함께 뛰어 줄 수 있으니까.

화장을 하지 않는 건
귀찮아서만은 아니다.

화려하진 않아도
언제든 아이가 엄마의 얼굴을
어루만질 수 있으니까.

행복은
집에 살고 있다

엄만, 이 냄새가
제일 좋아~.

바닥에서 동에 번쩍 서에 번쩍
씩씩거리며 자는 아이를 보며

포근한 침대가
그리울 때도 있지만

나중에 크면 또
언제 이렇게 잘까 싶어

널찍한 곳 놔 두고
나를 코너로 몰아넣고 자는
아이 옆에서

오늘도 쪽잠을 잔다.

이제 너 없는 삶은
상상도 못 하겠다.

보고 있어도
여전히 그립다

추억이란 거 정말 나중에 꺼내 봐야
의미가 있을 것 같지만

휴대폰의 사진 폴더만 열면
1분 전의 추억도 꺼내 볼 수 있다.

요즘은 추억과 더 가까이
살고 있다는 생각이 든다.

부루마불에 져 울던 모습,
태권도 초록띠를 따던 모습…….

오래된 사진첩을 꺼내
먼지를 털어 내고 펼쳐 보는
그런 감성은 아닐지언정

그 그리움만은 다를 게 없다.

미안할
겨를도 없이

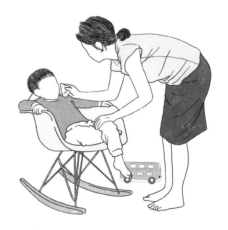

아이를 낳고
받을 때 당연했던 것들이
당연하지 않다는 걸
알게 되었을 때

내 어린 시절
엄마에게 짜증 내던 일이 떠오르면
그냥 스쳐 보낼 수 없게 된다.

그렇게 엄마 생각을 하면
미안한 마음이 앞서다가도

그 감정이
깊어질 겨를도 없이

나의 시선은 다시
아이에게로 가 있다.

이 순간이
멈추지 않길

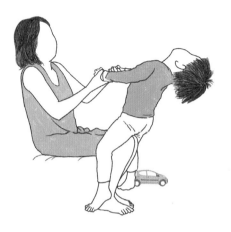

엄마가
가까이 있단 걸 알기 때문에
친구들 앞에서 목소리가 커진다.

엄마의
손을 잡고 있기 때문에
처음 보는 동물도 용감하게 만진다.

엄마가
놓지 않을 걸 알기 때문에
온몸을 맡긴 채 뒤로 눕는다.

온전히 사랑해 주는 지금!
앞으로도 잘 부탁해.

내가
행복해야 해

우리는
엄마가 행복해야
아이가 행복하다는 말을
너무도 많이 듣는다.

하지만
아이 앞에서
나를 먼저 생각하기가
내가 먼저 행복하기가
쉬운 일이 아니다.

그럼에도
내가 떡볶이를 맛있게 먹을 때
새로 산 원피스를 입어 볼 때

아이는 나의 행복한 모습을 보고
행복을 배운다.(고 믿고 싶다.)

내 행복을 망설이지 말자.

언젠가의
그리움

엄마는 내가 먹여 줄게.

엄마의 '밥 먹어라' 하는 말이
가끔 듣고 싶을 때가 있다.

그렇게 먼 과거로 돌아가
나의 엄마에게 그립단 말을
하고 싶을 때가 있다.

아이를 통해서도
그런 그리움을
만날 때가 있다.

가위 바위 보!

엄마에 대한 과거의 그리움과는 다른
이 품을 떠나게 될 언젠가의 그리움.

그래서 보고 있어도
보고 싶다고들 하나 보다.

그때가 오기 전에
그렇게 나이 들기 전에

지금 내 아이와의 추억들을
오늘도 하나하나 저축한다.

키를
낮추다 보면

어릴 때부터 아이를
자주 미술관에 데려간다.

늘 그림에는 관심이 없고
구석에 놓인 소화기에 관심을 보인다.

아이의 눈높이에선
당연히 소화기가 먼저 들어오긴 하겠다.

그래서 부모는 자연스레
키를 낮추게 되는 것 같다.

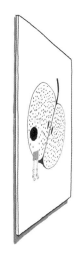

엄마도
사과 좋아하는데….

아이의 시선을
느낄 참이면

가끔 어릴 적 나를
만나게 될 때가 있다.

커피의
맛

엄마, 얼음은
내가 넣어 줄게.

아이가 내가 내리는
커피 향을 맡는다.

기어이 얼음은
본인이 넣겠다고 난리다.

"나 이거 먹어 볼래!"
"이거 마시면 키가 안 클 텐데……."

"나 이거 먹고 싶어!"
"이건 어른 되면 먹는 거야."

언젠가 아이가 마시는 걸
볼 날이 오겠구나.

왜 벌써 섭섭하지?
그날이 되도록 천천히 오길.
욕심일까?

오늘따라 커피에서 아이 냄새가 난다.

그리울
준비

키즈 카페만 오면
모르는 친구들을 만나도 방방이를 타며
서로 쫓고 쫓기느라 시간 가는 줄 모른다.

그런 아이를 낚아채
땀으로 흥건히 젖은
이마와 목덜미를 닦아 준다.

금세 다시 달려가 노는 아이의
사진 몇 장을 찍는다.

추억할 거리가 가장 많은 시간을
지나고 있는 듯하다.

어느 것 하나 놓치고 싶지 않은데…….

더 이상 기억나지 않을
어느 시간을 위해
오늘도 사진첩을 가득 메운다.

아이 곁에
누워

애교쟁이 네 살이
계속되었으면…….

그것도 안 되면
장난꾸러기 다섯 살인 채로라도
내 곁에 있어 주었으면…….

많이 양보할 테니
깍쟁이 여섯 살도 괜찮아.

그렇게 항상 내 곁을 떠날 시간이
천천히 오길 바라는 마음

모래알을 한 움큼 움켜쥐면
슬며시 빠져나가
금세 손바닥이 보일 테지만

그래도 울다 잠든 아이를 바라보는
이 시간만큼은 멈춰 있다.

"쑥쑥 자라라!" 하다가도 아기 적 예쁜 모습이
사라지는 게 못내 아쉽다. 이런 게 엄마 마음.

늘 미안하고 고마워

이른 새벽
눈도 뜨지 못한 아이를 재촉한다.

아이의 하루를 지켜보지 못해서
마음이 불편하고

나의 시간을 온전히 주지 못해서
늘 안타깝다.

혹여나 아이가 덜 사랑한다고 느낄까 봐
불안하기까지…….

매 순간 그렇게 아이에게
부족하다고 생각한다.

그렇다고 나쁜 엄마는 아니겠지.
조금 바쁜 엄마일 뿐.

퇴근길 "엄마!"를 외치며
달려와 안기는
너!

엄마의 사랑을 먹고 자란
여느 아이와
다르지 않다.

매일
같은 고민

워킹맘의 가장 큰 고민은
아이의 등하원

출근이 늦었는데 아이는 천천히~
늘 엄마가 발을 동동 구르는 게 일상

하원 시간이 다가오는데
오늘따라 일이 끝나지 않아

혼자 남아 있을 아이 생각하며
또 발을 동동 구르는 게 다반사

방과 후 수업이 없다 보니
오후의 공백을 메꾸기 위해
학원을 일곱 시까지 다니는 애도 있다던데…….
아침에만 봐주는 사람도 있고
저녁에만 봐주는 사람도 있다던데…….

어떻게 해야 할까?
오늘도 어제와 같은 고민을 한다.

문득,
다이어트

어느 날 문득 거울을 보면
초라한 내가 거울 앞에 서 있다.

며칠 전에 만난 친구도 예뻤고
결혼식에서 봤던 사촌 동생도 예뻤는데.

나 왜 이렇게 초라해진 거지?

'다시 예뻐질 수 있어!'라며
다이어트를 결심해 보지만

할 일은 산더미고 또 그 일을 하려면
먹지 않고서는 버틸 수 없는데.

다이어트는 시작도 못 해 보고
끝나 버렸다.

밥 힘으로 살아야지……
다이어트는 무슨…….

대화

주말 아침
예정에 없던 청소 시간,

아이와의
논쟁이 시작되었다.

거실 여기저기 흩어져 있는 장난감들과
거실 분위기에 안 맞는 텐트를
아이 방으로 옮기자고 하니
그럴 수 없다고 아이가 맞선다.

이렇게 의견을 주장할 만큼
아이가 컸나 싶은 생각과 함께

사춘기가 와도
여자 친구가 생겨도

지금 같았음
좋겠다.

지금처럼

우주 비행사로 시작된 꿈이
이젠 꽤 많아졌다.

모터 스튜디오를 자주 갔더니
요즘은 레이싱카 드라이버가 되겠단다.

신기한 것은
새로운 환경을 보여 준다고 해서
다 영향을 받진 않는 것 같다.

아이와 그림을 그렇게 그렸는데도
그림 그리겠다는 얘기가 없는 걸 보면 말이다.

무얼 더 바라겠냐마는
그래도 하나 바라는 게 있다면

꿈을 말하기 수줍을 때가 와도
장황하게 설명해 줬음 싶다.

지금처럼

시간이
지날수록

시작할 땐 서툴기 마련이다.
익숙한 것이라곤 하나도 없었으니

시작할 땐 마음이 무겁다.
삶의 무게가 두 배가 되었으니

시작할 땐 종종 예민해진다.
그래서 때론 서로에게 상처도 준다.

하지만 시간이 지날수록

그 서투름도
그 무거움도
그렇게 날을 세우던 긴장감도

둥글어져 있다.

시간은 표면을 낡게 만든다지만 속은 더 깊게 만든다.

나의 이름은
어디에

한 남자의 아내

한 아이의 엄마

시댁에 가면 큰며느리

회사에선 권 수석······.

그만큼 역할이 많아졌지만

가끔 내 이름 석 자를
누가 불러 줬으면 좋겠다.

남편!

엄마들에게

계절이 바뀔 때마다
금세 커서 작아져 버린
아이 옷을 정리하면서

몸에 맞지 않거나
유행이 지난 내 옷도
함께 정리하다 보면

옷 하나하나마다
못 입게 된 사연이 어찌나 많은지…….

그럼에도 잊지 말았으면 하는 건

아이와 함께 성장해 가는
지금의 내 모습도 여전히 예쁘다는
사실!

집밥

저녁을 먹고 들어갈지
집에 가서 먹을지

주말 저녁 집으로 돌아오며
매번 하게 되는 고민

"귀찮은데 그냥 먹고 들어갈까?"
"밥솥에 밥이 있을 거야."

그렇게 집에서 밥을 먹기로 한 날,

두부와 달걀을 굽고
엄마가 만들어 주신 멸치 반찬을 꺼낸다.

식사를 마치고
설거지를 하라고 하면 정말 설거지만 하던 남편이
오늘은 싱크대 주변 물기도 닦고,
음식물 쓰레기도 버리고 왔다.

이제 밥이 있는 날은 외식을 하지 말아야겠다.

하루의
끝

밤 10시……
오늘의 마지막 관문인 양치질이 남았는데
아이가 짜증을 내기 시작한다.

남편이나 나나
그게 어떤 신호인지 알고 있다.

그럼 그림 그릴까?
아니면 아빠랑 도시 만들래?

하지만 한번 짜증이 나기 시작하면
뭘 해도 걷잡을 수 없다.

결국 아이를 들쳐 업고 방으로 들어간다.
다행히 금세 잠든다.

일곱 살 하루의 끝은
이렇게 마무리된다.

별을 보며

지금 시야에 들어온 별이
얼마나 멀리 있는지는 모를 일이다.

언제 가까웠던 적이 있었는지는
더더욱 알 수 없다.

문득 아이가
저 별과 같다는 생각을 해 본다.

기기 시작하고 걷기 시작하면서
아이의 운신 폭이 넓어질수록

순간순간 반짝임의 기쁨도 잠시
저 멀리 별만큼의 거리에 있을 것 같은
그리움이 자란다.

매 순간 기억들을 한 움큼 담다 보면
어느새 저 멀리서 반짝이고 있을 것 같다.

그래서 자식을 보고 있어도
그립다고들 하나 보다.

미세 먼지 탓일까?
저 멀리 별을 하나 겨우 발견한 밤.

3
가족 안에서 논다

너에게
배운다

꼭 주말이 아니더라도 저녁 식사를 마치고 여유가 있을 때면, 도화지와 색연필을 준비해 아이와 종종 그림을 그린다. 아이와 그림을 그린 지 꽤 오래되어 큰 종이 가방 두 개로도 모자랄 만큼 그림이 쌓였다.

우리가 그림을 그리는 데에는 나름의 규칙이 있다. 내가 선을 하나 그으면 그 위에 아이가 뭔가를 그리고, 다시 내가 그린다. 이 과정을 반복한다. 내가 아이의 의도와 아주 다른 그림을 그렸을 때는 지우고 다시 그려야 하기 때문에, 대화를 충분히 나누고 그림을 그리는 노하우도 생겼다. 서로에게 한 번씩 기회가 주어지는 이 방식으로 처음에는 누구도 이해할 수 없는 그림이 완성되었지만, 이제는 제법 그럴 듯한 그림…… 아니 독특한 이야기가 담긴 그림이 완성되었다.

커다란 의자 위에 미래 도시가 그려지기도 하고, 큰 고래 그림이 사방에 분수가 있는 호수 마을로 그려지기도 한다. 아이가 가장 소중하게 생각하는 그림은 변기 마을이다. 변기 안은 휴양 도시가 되었고, 곳곳에 금이 간 도기 사이사이로 똥이 흘러 나온다. 식물들이 그 주변에서 자라 거대한 숲이 만들어졌다.

한 번은 여러 개의 구름을 그리고 구름과 구름을 잇는 계단을 그렸더니, 이어서 아이가 또 다른 구름에 계단을 그린 적이 있다. 완성을 하고 보니 내가 규칙적인 선으로 그린 계단보다 아이가 삐뚤빼뚤하게 그린 계단이 더 멋졌다. 나는 푸른 하늘에 하얀 구름을 색칠하는 반면, 아이는 빨간 나뭇가지에 파란 잎을 가진 예상치 못한 색깔의 나무를 구름 위에 그렸다. 역시나 완성하고 보니 아이의 나무가 더 눈길을 사로잡았다.

요즘은 태양계의 행성에 관심이 많아 태양을 중심으로 수성, 금성, 지구…를 그리는데, 우주선이 태양에 도착하기도 하고 행성들이 태양에 너무 가까이 다가가 모두 불타 버리기도 한다. 우주인과 우주 괴물이 행성들 사이사이에서 싸우는데 자세히 봐야 알 수 있다. (그 위에 아이에게 물어보지도 않고 현실 속 자동차를 색연필로 그렸다가 지우지도 못해 난리가 나기도 했다.) 처음에는 아빠의 경직된 사고가 주도하던 그림이었다면, 어느 순간부터는 상상과 상상의 세계가 더해져 예측할 수 없는 결과물이 되었다.

피카소는 '그림을 잘 그린다는 것은 아이처럼 그리는 것이다'라고 했다. 어른의 세상을 하나씩하나씩 배우길 바라는 마음으로 시작한 아이와의 그림 그리기는 아이의 세상을 이해하는 도구가 되었다.

오늘 아이는 어떤
세상을 보여 주려나?

김밥

퇴근할 즈음
으레 집에서 전화가 온다.

"아빠! 언제 와?"
"응! 곧 들어갈 거야."

조금 늦어
저녁을 먹고 들어간
어느 날

식탁 위에 싸 놓은 김밥은
누가 봐도 아이가 만들어 놓은 것이었다.

그리고 나름 정돈된 모습에서
잠들기 전까지의 기다림이 전해진다.

사랑은 주면 줄수록
깊어져 다시 돌아온다.

코딱지

엄마한테 코딱지를 주면
어떻게 해?

아이가 손에 묻은 음식을
아내의 옷에 닦고 있다.

요즘은 코딱지도
아내의 옷에 닦는다.

자신의 터부를
그렇게 상대방에게 버리는 일!

그것이 자식과 부모의 관계일까?

아내도
어디 도망가지 않는 고목이 되어
아이를 받아 주고 있다.

열어 둔 부모의 마음엔
추억만 남는 게 아닌 듯하다.

세 부류의
여행자

쉬러 가는 사람과 보러 가는 사람
이렇게 두 부류의 여행자가 있다고 한다.

그런데 또 하나의 부류가 더 있다.
쉬고 싶지만 봐야 하는 사람

아내나 나나 여행을 가면
쉬고 싶은 마음이 굴뚝같은데
놀이공원에서도 자동차 박물관에서도
아이를 따라다니며 함께 보기 바쁘다.

세 번째 부류의 여행자는
숙소로 돌아오는 길에도
아이의 오늘 하루 얘기를 들어야 하기에
운전대를 잡지 않아도 눈 감을 틈이 없다.

아이가 잠들고 나서야
드디어 우리만의 시간

하지만 살짝 감았다 싶었던 두 눈은
내일 아침 아이의 목소리를 듣고서야 떠질 참이다.

앞니가
빠진 날

이가 빠졌으니
이제 양치도 열심히 해야 해.

아이가 처음 앞니를 뺀 날,

"아빠! 이빨 빼니까 형아 목소리가 나와."

그러면서 이를 뺄 때
울지도 않았다고 자랑을 했다.

밥을 먹으면서는
이가 없어도 밥을 먹을 수 있다며
오히려 평소보다 더 잘 먹었다.

"용감한 아이는 이 뺄 때 안 운대."
"씩씩한 아이는 이가 빠져도 밥을 잘 먹는 거야."

아이는 이 빼기 전에 수차례 들었을
엄마의 말을 그대로 실천하고 있다.

그리고 머지않아
조금씩 흔들리던 두 번째 이도 빠졌다.

아이는 이를 꼬옥 쥐고
첫 번째 이가 빠졌을 때 그랬던 것처럼
자신의 보물 상자에 담았다.

아내가 그 모습을
말없이 바라보고 있다.

아빠를
닮았다

아이가 갑자기
아내에게 엉덩이를 내밀며

"방구 냄시!"라며
방귀를 뀐다.

제법 냄새가 고약해졌다.

귀염둥이 우리 엄마~.

그래도 미안했는지

아내에게 다가가
양손으로 볼을 누르며
"귀염둥이 우리 엄마!"
하고 애교를 부린다.

아빠를 닮았다.

너를 보면
웃음이 나

카트에 탄
아이가 기분이 좋다.

시식 코너 음식을 엄마에게 준다.
"엄마도 많이 먹고 키 커야 돼!"

아내가 한마디 한다.
"엄마는 많이 먹으면
옆으로 자라서 조금만 먹을게."

그 대답이 재미있었는지
낄낄대다가

사용한 이쑤시개로
만두를 찍어 먹었다.

그래도
기특해

"지지야, 신발 신고 나가야지."

아내의 말에 아랑곳 않고
아이는 벨 울리는 현관으로 달린다.

문이 열리자,
할머니를 꼬옥 끌어안는다.

제 신발은 아무렇게나 벗어 놓던 녀석이
웬일로 할머니 신발은 정리해 놓는다.

'어른스러워졌네.' 싶다가도

제 신발은 여전히 나 몰라라
거실로 내달린다.

'...... 아직 아닌가?'

183

유모차

아내가 깜짝 제안하여
제주도로 가족 여행을 왔다.

공항에 도착해 짐을 찾으며
유모차를 안 가져온 사실을 알았다.

유모차 탈 나이가
조금 지나긴 했지만

걷다 지친 아이가
안아 달라고 할 때마다

유모차를 왜 안 가져왔을까
후회를 하며

여행 내내 나는
유모차 생각뿐이었다.

평소에 안아 보려면
1초도 못 버티고 도망가는 녀석을
오랜만에 오래 안고 있으니
예전 생각이 났다.

여섯 살을 지나고 있는 지금
키즈 카페에선 모르는 친구들과 뛰노느라
아빠는 안중에도 없는 아이를 보며

한편으로는 유모차를 안 가져오길
잘했다는 생각이 든다.

사진을
보다가

그냥 앉아 있는 모습

달리는 모습

장난치는 모습

전화하는 모습······.

한 장 한 장 사진 속
추억을 넘기다 보면

주인공인 아이의
폭풍 성장에 미소 짓기도 하지만

사진 속엔 없는
늘 배경이 된
아내의 시선도 느껴진다.

아이의 사진은 그렇게
프레임 밖의 기억까지 데려온다.

왜
숨겼을까?

아내가 외출을 하려고
휴대폰을 찾는다.

혹시나 해서
아이에게 물었다.

배시시 웃는다.

범인이 여기 있었네.
"엄마 잠깐 나갔다 오는 거야.
아빠랑 재밌게 놀자."

배시시 웃는다.

소파 시트 사이에 숨겨진
아내의 휴대폰을 겨우 찾았다.

아이는 여전히
배시시 웃는다.

수시로
환기

일요일
집으로 돌아오는 차 안

아이를 집에서 재우려고
수시로 창문을 연다.

그래도 안 되면
없는 이야기까지 만들어 대화한다.

어느덧 스스로 창문을
열고 닫을 수 있는 나이가 되니

수시로 창문을 열고 닫는 통에
잠금 모드가 이래서 필요하구나 싶다.

해가 저물 즈음
집 앞 주차장에 도착했다.

뒤를 돌아보니
아내가 곤히 잠들어 있다.

색연필을
깎는다

잠들기 전 아이와의 일과 중에
중요한 것이 그림을 그리는 일이다.

"오늘은 나무 마을을 그릴까?"
"아니, 오늘은 고래 마을을 그릴 테야."
"그럼 고래 위에 멋진 우리 집도 그리자."
"나무를 많이 그릴래~. 공기가 맑아야 하니까."

그렇게 그림이 마무리될 즈음
아내는 습관적으로 그 모습을 찍어 둔다.

분주히 책상을 정리하고
후닥닥 아이를 재우고
거실 불을 끄기 전에
뭉툭해진 색연필을 깎고 나서야
오늘 하루가 마무리된다.

약속

다섯 살 되면
밥은 스스로 먹는 거야.

알겠어!

여섯 살 되면
이제 혼자 자는 거야.

알겠어!

일곱 살 되면
이제 양치 스스로 하자.

알겠어!

우리는 매 순간 약속을 한다.
지켜지지 않을…….

등원길

아빠랑 같이
나오니까 좋다!

초여름 햇살 좋은
이른 아침 등원길

이미 그림자가 길게 누워 있다.

"아빠, 내 그림자가 고등학생이야."
"그러네. 아빠랑 키가 똑같네."

유치원 버스에 오르면
친구들과 재잘재잘,
그 소리는 버스가 멀어져도 들리는 것 같다.

뒤돌아서 집으로 돌아가는데
늘 이랬을 아내의 표정과 마주하게 된다.

버스가 시야에서 사라졌어도
그 표정, 한결같았겠다.

Why?

아이들은 "왜?"라고만
할 때가 있다.

밥 먹자면 왜?
반찬을 골고루 먹으래도 왜?
책을 읽어 줘도 왜?

아내도 그 왜? 때문에
종종 힘들어 한다.

머리끝까지 나는 화를
애써 누르고 누르며
복화술을 한다.

음… 그게 말이지…….

그럼에도 웬만해선 조곤조곤 대답을 해 주는 아내가 놀랍다.

아이가
수염이 나도

아이가 태권도를 시작하고
요즘은 제법 그럴싸한 발차기를 한다.

종아리에 살짝 근육이 보인다.

"어떻게 이런 아기 다리에
근육이 생길 수 있는 걸까?"

아내가 놀란다.

"이제 유치원에서 제일 형아잖아.
그럴 때도 됐지."

아이가 수염이 나도
아기 때의 기억을 맴도는 아내는

또 그렇게 놀랄 것 같다.

아이의 맛

아빠! 그만 먹을래~.
이제 놀자.

누구와 먹느냐에 따라
어디서 먹느냐에 따라
음식의 맛이 다르다.

마트 시식 코너에서 먹는 것은
아쉽기 때문에 맛있고

당구장에서 먹는 짜장면은
그만한 게 없다.

아들~
음식을 남기면 안 돼!
그래서 아빠가 먹는 거야.

아빠가 되고 나서는
아이가 남긴 음식을 먹는다.

먹지 않아도 배부르다는 말을
이해하려던 찰나

아내가 얘기한다.
"저녁도 먹었잖아. 그만 먹어! 살쪄."

그래서 내가 살쪘구나.
그래서 아내가 살쪘구나.

오빠?

형님~!
일어나!!

오빠! 이제 좀 일어나지!

아빠!
엄마는 왜 아빠를 '오빠'라고 불러?

그건
아빠가 나이가 더 많으니까!

그럼 나는 아빠를
'형'이라고 불러야겠다

형님~!

대체 누굴 닮아 이런 창의적인 생각을 하는 걸까?

오늘 하루
냄새

아이의 새 운동화를 샀다.

현관에
원래 신던 신발과
새 신발을 나란히 놓았다.

새 신발에서야
새 신발 냄새가 나겠지만

원래 신던 신발에선
목욕 후 아기 냄새와는 또 다른 냄새가 난다.

유치원을 마치고
오늘은 태권도도 하고 온 날.

하루를 꾸욱꾸욱 누르며 걸은
아이의 오늘 하루 냄새.

행동 반경이 넓어질수록
이 냄새는 더 진해지겠지…….

아빠 신발처럼.

버스 정류장

잠시 머물다
버스가 오면 떠나는 곳

버스 정류장은 부모의
삶을 닮았다.

어른놀이

나이가 들면 인간 관계가 소원해져 외로움을 다독여 줄 사람이 줄기 마련이다. 남아 있는 주변 지인들과의 관계가 소중하다고 머리로는 늘 생각한다. 하지만 작아진 그라운드 안에서 시간 제한을 두고 술 한잔 나누는 정도인 아빠의 삶을 산 지 꽤 오래되었다.

내가 친구들과 거리가 점점 멀어지고 있는 동안, 아내는 (매주는 아니지만) 주말이면 지인들 가족과 가족 모임을 하려고 한다. 이것 또한 꽤 오래되었다.

아내는 배달 치킨과 피자에, 맥주 정도 인원수에 맞춰 마트에서 사 오자는 내 말에 아랑곳하지 않는다. 일주일 전부터 준비를 한다. 여름이라며 이케아에서 사 두었던 파란 줄무늬가 그려진 냅킨으로 테이블 세팅을 준비한다. 생각보다 타코를 만드는 게 어렵지 않다며 관련 식재료들을 모임 전날 온라인 쇼핑몰에 주문을 한다. 분위기를 돋우는 조명을 준비하고, 식후 다과와 혹시 모를 아이 손님용 밥과 국도 별도로 준비한다. 그러고 나서도 뭘 더 준비할 게 없는지 둘러본다. 또 오늘 올 지인들 가족의 정보를 나에게 업데이트해 준다. 아내는 이 모든 준비가 간단하다고 하지만, 아내의 모습을 보며 난 여전히 치킨과 피자, 맥주를 생각한다. 모임 날, 아내의 지인들 가족이 하나둘 집에 도착한다. 자녀들이 서넛만 합류해도 난리가 날 것 같지만, 의외로 자기들끼리 잘 논다. (물론 늘 그런 것은 아니지만.)

지금까지 이렇게 여러 가족을 만났다. 일 년에 한두 번 보는 가족이더라도 몇 년이 지나고 나니, 어느덧 아이들은 말할 것도 없고 남편들끼리도 꽤 친분이 쌓였다. 이젠 관심사가 비슷해져서 학창 시절 친구를 만날 때보다 더 열변을 토하기도 한다.

늦은 시간까지 이런저런 담소를 나누다 집에 돌아갈 시간이 되면, "다음엔 우리 집에서 보자!"라고 누군가 말한다. 또 보게 될 것이다. 아내가 그동안 쌓아 온 모임이 자리를 잡아가며 함께한 모두에게 삶을 버틸 수 있는 한 꼭지가 되어 가고 있다.

마치 고향집 떠나는 사람들마냥 손을 흔들며 멀어져 가는 가족들을 바라보며, 우리는 부모로부터 독립을 했어도 여전히 누군가에게 기대고 싶은 여린 마음을 가진 아이구나 생각했다. 어린 시절 외롭다고 생각할 틈도 없이 즐거웠던 놀이마냥 나이를 먹은 우리에게도 그런 놀이가 필요하구나 싶었다. 가끔은 친구를 만나 소주 한 잔 하며 외로움을 달래겠지만, 가족 안에서 외로움을 달랠 수 있어 참 행복하고 포근하다.

나이가 들수록 가족 안에서 노는 게 맞는 것 같다.

너는
나의 보호자

연인에서 부부가 되고
부부에서 부모가 된다.

그렇게 예측가능한 수순에서도
겪어 봐야 아는 것들이 있다.

정말 몰랐다.
한 아이가 초보 부모의 삶을
이렇게나 바꿔 놓게 되는 것인지…….

당연히 부모가
아이를 키우게 될 거란 생각.

실상은
아빠를 아빠로, 엄마를 엄마로
키우고 있는 시간이기도 하단 걸 알았다.

어쩌면 세 아이가
보호자 없이 함께
자라고 있는 셈이다.

너에게
사랑을
배운다

초판 1쇄 발행 2019년 9월 6일
초판 4쇄 발행 2023년 1월 10일

지은이 심재원(그림에다)
펴낸이 이승현

편집 최순영
디자인 Studio Marzan 김성미

펴낸곳 (주)위즈덤하우스 **출판등록** 2000년 5월 23일 제13-1071호
주소 서울특별시 마포구 양화로 19 합정오피스빌딩 17층
전화 02) 2179-5600 **홈페이지** www.wisdomhouse.co.kr

값 14,000원
ISBN 979-11-90305-23-5 03810